W9-DFP-298

¡Yo puedo leer con los ojos cerrados!

¡Yo puedo leer con los ojos cerrados!

por

Dr. Seuss

Traducido por Yanitzia Canetti

LECTORUM
PUBLICATIONS INC
a subsidiary of Scholastic Inc.
New York

¡YO PUEDO LEER CON LOS OJOS CERRADOS!

Spanish language translation © 2007 by Dr. Seuss Enterprises, L.P.
Originally published in English under the title I CAN READ WITH MY EYES SHUT!
Trademark ™ and copyright © 1978 by Dr. Seuss Enterprises, L.P.

For information regarding permission,
write to Lectorum Publications, Inc.,
557 Broadway, New York, NY 10012.

ISBN-13: 978-1-933032-24-5
ISBN-10: 1-933032-24-3
Printed in Singapore
10 9 8 7 6 5 4 3 2 1

Library of Congress Cataloging in Publication data is available.

Para

David Worthen, Dr. V.*

* (Doctor Visión)

Yo puedo leer
en **rojo.**

En **azul**
puedo leer.

Y en el
color del pepino
yo también lo puedo
hacer.

Puedo leer en la cama.

Y en **morado.**
Y en **marrón.**

PEZ

Leo

con

el ojo

izquierdo

OTRO
PEZ

y con

el ojo

de

al lado.

Y hasta leo
Mississippi
¡con los ojos bien cerrados!

Mississippi

¡Mississippi,

Indianápolis

y

Aleluya

también!

¡Con los ojos
muy cerrados

yo
las leo
requetebién!

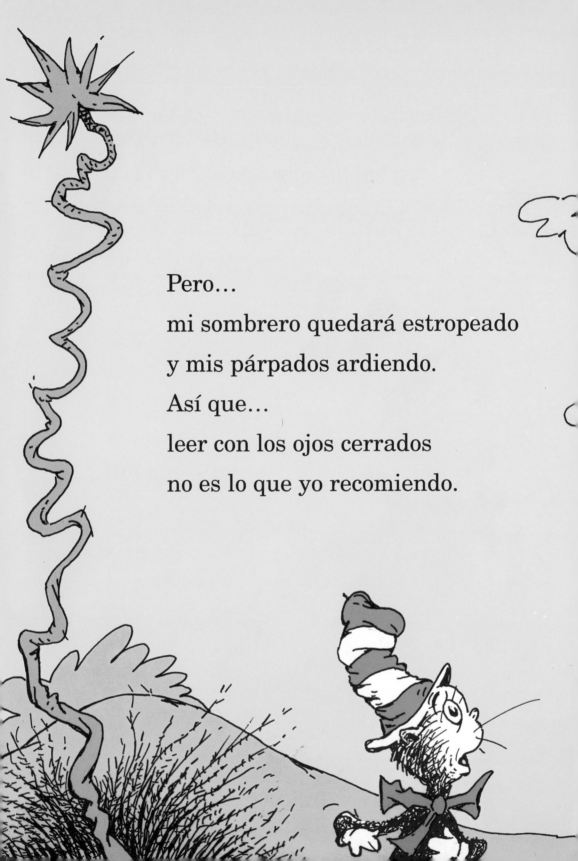

Pero…

mi sombrero quedará estropeado
y mis párpados ardiendo.
Así que…
leer con los ojos cerrados
no es lo que yo recomiendo.

Y si dejo los ojos abiertos,
leo a más velocidad.
Tienes que leer bien rápido,
¡hay que leer cantidad!

Puedes leer acerca de árboles...

de abejillas...

y rodillas.

¡Y de árboles con rodillas!

¡Y
de
abejas
amarillas!

Puedes leer sobre anclas.

Y de hormigas, ¡un montón!

Y acerca de tobillos

¡y de caimanes con pantalón!

Puedes leer de mangueras…

y de cómo

oler las rosas…

¡Y qué hacer
si las lechuzas
en la nariz se te posan!

Gatito, si abres los ojos
y observas atentamente,
¡ay, cuántas cosas sabrás!
¡Las cosas más sorprendentes!

Aprenderás sobre…

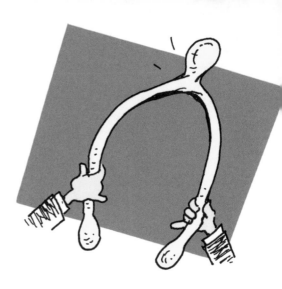

espinas de pescado…   y huesos de la suerte.

Y también
sobre trombones
con un sonido
muy fuerte.

Aprenderás
de Minín,
la serpiente del cojín

y todo sobre Fu-Fú,
la Vácala Tururú.

Podrás aprender del hielo
y también de los ratones.

De ratones en el hielo

o

hielo

sobre

ratones.

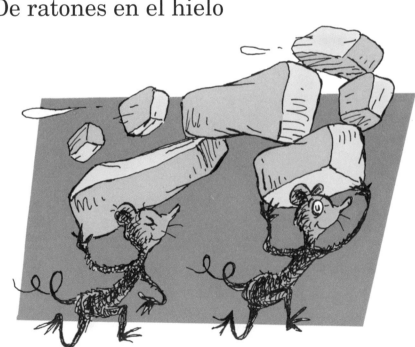

Sabrás cuánto cuesta el hielo.

¡Su precio está por los suelos!

Hielo bueno.
Rebajado.
Un cubo por diez centavos.

Aprenderás del DOLOR...

de la alegría, del AMOR...

y también del mal HUMOR.

Hay muchas,
muchísimas cosas
que podrías aprender.
PERO...
si cierras los ojos
te las podrías
perder.

Mientras más libros leas
más cosas aprenderás.
Y mientras más aprendas,
más lejos llegarás.

Aprenderás a ganar
un poco
de dinero.

O cómo hacer rosquillas...

o adornos para el cuello.

También podrías aprender
a tocar el tromboloco.
Deja los ojos abiertos,
y <u>no</u> los cierres ni un poco.

Si lees con los ojos cerrados

sin duda descubrirás

que el lugar adonde ibas

se ha quedado muy atrás.

BIENVENIDOS A WILKES-BARRE
DALLAS
SAN DIEGO
LAKE FOREST
SCHENECTADY
DESVÍO
SÓLO BICICLETAS
SIN SALIDA
NO DOBLAR A LA DERECHA
IZQUIERDA
¿?
PARE
BAÑOS 128 MILLAS
SALINA KANSAS LUGAR DE NACIMIENTO DE CURTIS A. ABEL 2376 MILLAS
XYZ
ABC

Por eso...

ABRE BIEN LOS OJOS,

no los vayas a cerrar.

Por lo menos deja uno

abierto de par en par.